PURA PASIÓN

Obras de Annie Ernaux en Maxi

El acontecimiento
El lugar
La vergüenza
Pura pasión

ANNIE ERNAUX
PURA PASIÓN

Traducción de Thomas Kauf

MAXI
TUSQUETS
EDITORES

PEFC Certificado

El papel de este libro procede de bosques gestionados de forma sostenible

PEFC

PEFC/14-38-00305 www.pefc.es

Título original: *Passion simple*

1.ª edición en colección Andanzas: febrero de 1993
1.ª edición en colección Maxi: enero de 2026
2.ª edición en colección Maxi: abril de 2026
3.ª edición en colección Maxi: julio de 2026

Adaptación de la cubierta: Maxi Tusquets / Área Editorial Grupo Planeta

Ilustración de la cubierta: © Laura Wächter

Fotografía de la autora: © Ernesto Ruscio / Getty Images

© de la traducción: Thomas Kauf, 1993

Diseño de la colección: FERRATERCAMPINSMORALES

Tusquets Editores, S. A. - Avda. Diagonal, 662-664. 08034 Barcelona
www.maxitusquets.com

ISBN: 978-84-1107-719-4
Depósito legal: B. 20.985-2025
Impreso en España

Nous Deux —la revista— es más obscena que Sade.

ROLAND BARTHES

Pura pasión

Este verano he visto por primera vez una película clasificada X en la televisión, por el Canal +. Mi televisor no tiene descodificador, las imágenes en la pantalla eran borrosas y, en vez de diálogos, se oía una banda sonora extraña, chisporroteos, chapoteos, una especie de lenguaje diferente, suave e ininterrumpido. Se distinguía una silueta de mujer en corsé y medias, y a un hombre. La historia era incomprensible y no se podía anticipar nada, ni los gestos ni los actos. El hombre se acercó a la mujer. Hubo un primer plano, apareció el sexo de la mujer, perfectamente visible en el centelleo de la pantalla, luego el sexo del hombre, en erección, que se introdujo en el de la mujer. Durante un largo rato se fue mostrando el vaivén de los dos sexos desde varios ángulos. La polla apareció de nuevo, entre los dedos del hombre, y el esperma se derramó sobre el vientre de la mujer. Sin duda, una acaba por acostumbrarse a ver estas cosas, pero la primera vez trastorna bastante. Han pasado siglos y más siglos, centenares de generaciones, y tan solo ahora se puede contemplar algo así, un sexo de mujer y un sexo de hombre que se unen, el esperma; lo que no se podía contemplar casi sin morir se ha convertido en algo tan fácil de ver como un apretón de manos.

Me ha parecido que la escritura debería tender a eso, a esta impresión que provoca la escena del acto sexual, a esta angustia y a este estupor, a una suspensión del juicio moral.

Desde septiembre del año pasado no he hecho más que esperar a un hombre: he estado esperando que me llamara y que viniera a verme. Iba al supermercado, al cine, llevaba la ropa a la lavandería, leía, corregía exámenes, actuaba exactamente igual que antes, pero si no hubiera tenido la costumbre de hacer estas cosas, me habría resultado imposible, salvo a costa de un esfuerzo aterrador. Al hablar es cuando tenía, sobre todo, la impresión de vivir llevada por mi impulso. Las palabras y las frases, hasta la risa, se formaban en mis labios sin la intervención real de la reflexión o la voluntad. Por lo demás, tan solo guardo un vago recuerdo de mis actividades, de las películas que vi, de las personas con las que me relacioné. Todo mi comportamiento era artificial. Los únicos actos en los que actuaba con voluntad y deseo, y algo que debe de ser la inteligencia humana (prever, sopesar los pros y los contras, evaluar las consecuencias), tenían todos alguna relación con ese hombre:

leer en el periódico los artículos sobre su país (él era extranjero),

escoger la ropa y el maquillaje,

escribirle cartas,

cambiar las sábanas de la cama y poner flores en la habitación,

apuntar, para no olvidarlo, lo que tenía que decirle la próxima vez que nos viéramos y que pudiera resultarle de interés,

comprar whisky, fruta, alimentos varios para la velada que íbamos a pasar juntos,

imaginar en qué habitación haríamos el amor en cuanto llegara.

En las conversaciones, los únicos temas que traspasaban mi indiferencia tenían alguna relación con ese hombre, con su empleo, con su país de procedencia o con los sitios a los que había ido. La persona que me estaba hablando no sospechaba que mi interés por sus palabras, de repente intenso, no se debía a su manera de contar lo que me explicaba, y muy poco al tema en sí, sino a que un día, diez años antes de que yo le conociera, A., cumpliendo una misión en La Habana, tal vez hubiera entrado precisamente en aquella sala de fiestas, el Fiorendito, que mi interlocutor, estimulado por mi atención, me describía con todo lujo de detalles. Asimismo, cuando leía, si me detenía en una frase, se debía a que hacía referencia a la relación entre un hombre y una mujer. Me parecía que me enseñaba algo de A. y que confería un significado indudable a lo que yo estaba deseando creer. Así, al leer en *Vida y destino* de Grossman que «cuando se ama se cierran los ojos al besar», pensaba que A. me amaba, puesto que me besaba de esta manera. Después, el resto del libro volvía a convertirse en lo que supuso para mí cualquier actividad a lo largo de un año, una manera de pasar el tiempo entre dos citas.

Todo mi horizonte se limitaba a la siguiente llamada telefónica para concertar una cita. Procuraba salir lo menos posible al margen de mis obligaciones profesionales —cuyos horarios él conocía—, siempre temerosa de perderme alguna llamada suya durante mi ausencia. Evitaba también utilizar el aspirador o el secador de pelo, pues me habrían impedido oír el timbre del teléfono. Cuando sonaba, me consumía en una esperanza que a menudo apenas duraba el tiempo de descolgar lentamente el auricular y contestar. Al descubrir que no era él, me embargaba tal decepción que cogía manía a la persona que estaba al otro lado de la línea. Pero cuando oía la voz de A., mi espera indefinida, dolorosa, celosa evidentemente, se esfumaba tan deprisa que tenía la impresión de haber estado loca y de recuperar repentinamente la cordura. En el fondo, me asombraba la insignificancia de aquella voz y la desmedida importancia que revestía en mi vida.

Si me anunciaba que iba a venir al cabo de una hora —una «oportunidad», es decir, un pretexto para volver tarde a casa sin despertar las sospechas de su mujer—, yo entraba en otro estado de espera, con la mente en blanco, sin deseo incluso (hasta el punto de llegar a preguntarme si iba a ser capaz de gozar), rebosante de una energía febril aplicada a unas tareas que no conseguía ordenar: tomarme una ducha, sacar unas copas, pintarme las uñas, pasar el trapo. Ya no sabía a quién esperaba. Solo me hallaba atrapada en aquel instante —cuya aproximación siempre me ha llenado de un terror indecible— en el que oiría el frenazo del coche, el chasquido de la puerta, sus pasos en el vestíbulo de hormigón.

Cuando el intervalo que dejaba pasar desde que me llamaba hasta que me venía a ver era más prolongado, tres o cuatro días, imaginaba con fastidio todas las tareas que iba a tener que cumplir y las cenas de amigos a las que iba a tener que asistir antes de volver a verlo. Me habría gustado no tener nada que hacer salvo esperarlo. Y vivía con la creciente angustia de que surgiera cualquier percance que diera al traste con nuestra cita. Una tarde, mientras volvía en coche a casa y él tenía que llegar media hora después, de pronto se me pasó por la cabeza la posibilidad de verme implicada en un choque. Enseguida pensé: «No sé si me detendría».*

* Suelo contrapesar un deseo con un accidente provocado por mí o cuya víctima sería yo, con una enfermedad, con algo más o menos trágico. Una forma bastante fiable de valorar la fuerza de mi deseo —tal vez también de desafiar el destino— consiste en saber si acepto imaginariamente pagar el precio que hay que pagar: «Me da lo mismo que se me queme la casa con tal de conseguir terminar lo que estoy escribiendo».

Una vez lista, maquillada, peinada y con la casa ordenada, me sentía, si aún disponía de tiempo, incapaz de ponerme a leer o a corregir exámenes. En cierto modo, tampoco deseaba distraerme con algo que no fuera esa espera: no quería estropearla. A menudo escribía en una hoja de papel la fecha, la hora, y «va a venir» y otras frases, temores de que no viniera, de que su deseo hubiera menguado. Por la noche, recuperaba la hoja, «ha venido», y anotaba desordenadamente detalles del encuentro. Luego contemplaba, aturdida, la hoja de papel garabateada, con los dos párrafos escritos antes y después, que se leían seguidos, sin interrupción. Entre ambos había habido palabras, gestos, que hacían que todo lo demás se tornara irrisorio, incluida la escritura mediante la cual trataba de fijarlos. Un espacio de tiempo delimitado por dos ruidos de coche, su R-25 frenando y volviendo a arrancar, en el que yo estaba segura de que jamás había habido en mi vida nada más importante —ni tener hijos, ni aprobar oposiciones, ni viajar lejos— que eso, estar en la cama con ese hombre a media tarde.

Aquello solo duraba unas horas. Yo no llevaba reloj, me lo quitaba justo antes de que llegara. Él se dejaba puesto el suyo y yo temía el momento en que lo consultara discretamente. Cuando me dirigía a la cocina a buscar cubitos de hielo, levantaba la mirada hacia el reloj de pared colgado encima de la puerta, «solo quedan dos horas», «una hora», o «dentro de una hora yo estaré aquí y él se habrá marchado de nuevo». Me preguntaba con asombro: «¿Dónde está el presente?».

Antes de irse, se volvía a vestir con calma. Yo le miraba mientras se abrochaba la camisa, se ponía los calcetines, los calzoncillos, el pantalón, se giraba hacia el espejo para hacerse el nudo de la corbata. En cuanto se hubiera puesto la americana, todo se habría acabado. Yo no era más que tiempo pasado a través de mí.

Justo después de que se marchara, un agotamiento inmenso me paralizaba. No me ponía a arreglar la casa enseguida. Contemplaba las copas, los platos con restos de comida, el cenicero lleno, la ropa y la lencería dispersas por el pasillo y la habitación, las sábanas que colgaban sobre la moqueta. Me habría gustado conservar tal cual aquel desorden en el que cualquier cosa significaba un gesto, un momento, y que componía un lienzo cuyo dolor y cuya fuerza jamás alcanzará para mí ningún cuadro en un museo. Naturalmente, no me lavaba hasta el día siguiente para conservar su esperma.

Calculaba cuántas veces habíamos hecho el amor. Tenía la impresión de que, cada vez, se había añadido algo más a nuestra relación, pero también de que precisamente esa acumulación de gestos y de placer era, sin duda, lo que iba a alejarnos al uno del otro. Estábamos agotando un capital de deseo. Lo que se ganaba en el orden de la intensidad física se perdía en el del tiempo.

Me sumía en un duermevela durante el cual tenía la sensación de dormir en el cuerpo de él. Al día siguiente vivía en una especie de entumecimiento en el que se repetían constantemente: una caricia que me había hecho, una palabra que había pronunciado. Él no sabía palabras obscenas en francés, o bien no tenía ganas de emplearlas, porque para él no tenían ninguna carga de interdicción social: eran palabras tan inocentes como las demás (como lo habrían sido para mí las palabras soeces en su idioma). En el tren de cercanías, en el supermercado, oía su voz que susurraba: «Acaríciame el sexo con tu boca». En cierta ocasión, en la estación de la Ópera, sumida en mi ensoñación, dejé pasar sin darme cuenta un metro de la línea que tenía que coger.

Esa anestesia iba desvaneciéndose progresivamente, y yo volvía a esperar que me llamara, con un sufrimiento y una angustia crecientes a medida que se alejaba la fecha de nuestro último encuentro. Como antaño después de los exámenes —que cuanto más me alejaba de la fecha de la prueba, más segura estaba de haber suspendido—, cuantos más días transcurrían sin que me llamara, más segura estaba de que me había abandonado.

Los únicos momentos felices aparte de cuando él estaba presente eran aquellos en que me compraba vestidos nuevos, pendientes, medias, y me los probaba en casa delante del espejo; lo ideal, inalcanzable, consistía en que me viera en cada ocasión con un atuendo diferente. Él apenas reparaba cinco minutos escasos en mi blusa o en mis zapatos nuevos, que enseguida quedaban tirados en cualquier sitio hasta su partida. También era consciente de la inutilidad de los trapos ante el deseo que hubiera podido sentir por otra mujer. Pero presentarme con un vestido que ya hubiera visto me parecía un descuido, un relajamiento en el esfuerzo de esa especie de perfección hacia la que yo tendía en mi relación con él. Con el mismo firme propósito de perfección hojeé en unos grandes almacenes *Técnicas del amor corporal.* Bajo el título, se leía: «700.000 ejemplares vendidos».

A menudo me daba la impresión de vivir aquella pasión de la misma manera que habría escrito un libro: sintiendo la misma necesidad de resolver con éxito todas las escenas, y el mismo afán de cuidar todos los detalles. Y hasta se me ocurría que me daría igual morir tras llegar al fin de esta pasión —sin otorgarle un significado preciso a «al fin de»—, como podría morirme tras haber acabado de escribir esto dentro de unos meses.

Delante de las personas con las que trato intentaba no dejar que mi obsesión se trasluciera en mis palabras, aunque eso requiere una vigilancia difícil de mantener constantemente. En la peluquería vi a una mujer muy locuaz, a la que todo el mundo contestaba con absoluta normalidad hasta que, con la cabeza echada hacia atrás en la pila, dijo que «la estaban tratando de los nervios». Al punto, de manera imperceptible, el personal empezó a dirigirse a ella con distante circunspección, como si esa confesión irreprimible fuera la prueba de su desvarío. Yo también temía parecer anormal si hubiese dicho: «Estoy viviendo una gran pasión». No obstante, cuando me encontraba rodeada de otras mujeres, junto a la caja del supermercado, en el banco, me preguntaba si ellas tenían, como yo, a un hombre metido a todas horas en la cabeza o, de no ser el caso, cómo se las arreglaban para vivir así, es decir —de acuerdo con mi existencia de antes—, a la espera tan solo del fin de semana, de salir a cenar fuera, de la clase de gimnasia o de los resultados escolares de los hijos: todo lo que ahora me resultaba penoso o indiferente.

Al calor de una confidencia, una mujer o un hombre que confesaba estar, o haber estado, «chiflada por un tío» o vivir «una relación muy fuerte con alguien», a veces tenía ganas de explayarme. En cuanto la euforia de la complicidad desaparecía, me sabía mal haberme dejado llevar, por poco que fuera. Aquellas conversaciones en las que continuamente había respondido a las palabras del otro con «yo también, a mí me sucede lo mismo, he hecho lo mismo, etcétera», se me antojaban de golpe ajenas a la realidad de mi pasión, inútiles. Es más, algo se perdía en esas efusiones.

A mis hijos, que están estudiando en la universidad y se alojan de manera irregular en casa, solo les había revelado lo mínimo de orden práctico que me permitiera seguir adelante con mi relación sin dificultades. Por ejemplo, debían telefonear para saber si podían venir a casa, y cuando estaban en ella, marcharse en cuanto A. anunciaba su llegada. Este compromiso no suscitaba —exteriormente al menos— ningún problema. Pero hubiera preferido mantener esta historia completamente en secreto ante mis hijos, al igual que antaño siempre les había ocultado a mis padres mis ligues y mis aventuras. Sin duda, para evitar que me juzgaran. También porque padres e hijos son los que menos pueden aceptar sin malestar la sexualidad de quienes carnalmente les son más cercanos y les están siempre más prohibidos. Pues aunque los hijos nieguen la evidencia que se manifiesta en la mirada perdida y en el silencio ausente de su madre, en determinados momentos para ella no cuentan más que para una gata en celo que se muere de impaciencia.*

* En una entrevista en *Marie-Claire,* unos jóvenes condenan sin apelación posible los amores de su madre divorciada o separada. Una muchacha, llena de rencor, dice: «Los amantes de mi madre solo han servido para hacerla soñar». ¿Qué mejor servicio podían prestarle?

Durante ese periodo, no escuché ni una sola vez música clásica, prefería las canciones. Las más sentimentales, a las que antes no prestaba ninguna atención, me trastornaban. Decían sin rodeos ni distancia lo absoluto de la pasión, y también su universalidad. Cuando oía a Sylvie Vartan cantar *«c'est fatal, animal»*, estaba segura de que yo no era la única que experimentaba tal cosa. Las canciones acompañaban y legitimaban lo que yo estaba viviendo.

En las revistas femeninas leía primero los horóscopos.

Me entraban ganas de ver sin demora una película de la que estaba convencida de que contenía mi historia, y me sentía muy decepcionada cuando, por ser una película antigua, ya no la programaban en ninguna parte, como *El imperio de los sentidos* de Ōshima.

Daba dinero a los hombres y mujeres sentados en los pasillos del metro y formulaba el deseo de que él me llamara por teléfono aquella noche. Hacía la promesa de remitir un giro de doscientos francos a una institución benéfica si venía a verme antes de una fecha que yo fijaba. Contrariamente a mis costumbres, tiraba con facilidad el dinero por la ventana. Para mí, este proceder formaba parte de un derroche general, necesario, inseparable de mi pasión por A., que incluía también el del tiempo (perdido en ensoñaciones y a la espera), y naturalmente el del cuerpo: hacer el amor hasta el agotamiento, como si fuera la última vez. (¿Qué garantiza que no es la última vez?)

Una tarde en que él estaba en casa, quemé la alfombra del salón hasta la trama al dejar encima una cafetera hirviendo. Me dio igual. Es más, cada vez que veía la marca en la alfombra, era feliz al recordar aquella tarde con él.

Los contratiempos de la vida cotidiana no me irritaban. Una huelga de dos meses en el reparto del correo no me afectó, porque A. no me enviaba cartas (sin duda por prudencia; era un hombre casado). Esperaba la mar de tranquila en los atascos, en la ventanilla del banco, y no me alteraba el recibimiento malhumorado de cualquier empleado. Nada me impacientaba. Experimentaba hacia las personas una mezcla de compasión, de dolor y de fraternidad. Comprendía a los marginados tumbados en los bancos, a los clientes de las prostitutas, a una viajera absorta en la lectura de la revista esotérica *Harlequin* (pero habría sido incapaz de decir qué había en mí que se les pareciera).

Una vez, al ir a buscar, desnuda, unas cervezas a la nevera, me acordé de las mujeres, solas o casadas, madres con hijos, que, en el barrio de mi infancia, recibían a escondidas a un hombre por las tardes (se oía todo, y resultaba imposible desentrañar si el vecindario les reprochaba su falta de recato o que dedicaran las horas del día al placer, en vez de limpiar los cristales de sus ventanas). Pensaba en ellas con honda satisfacción.

Durante todo este tiempo he tenido la impresión de vivir mi pasión en clave de novela, pero ahora no sé en qué clave la estoy escribiendo, si en la del testimonio o en la de la confidencia —como suele ser habitual en las revistas femeninas—, en la del manifiesto o del atestado, o incluso en la del comentario de texto.

No estoy narrando una relación, no estoy contando una historia (que solo capto a medias) con una cronología precisa, «vino el 11 de noviembre», o aproximada, «transcurrieron unas semanas». Para mí no había cronología en esa relación, solamente conocía la presencia o la ausencia. Me limito a acumular las manifestaciones de una pasión y a oscilar incesantemente entre «siempre» y «un día», como si ese inventario fuera a permitirme alcanzar la realidad de aquella pasión. Por supuesto, aquí, en la enumeración y descripción de los hechos, no hay ironía ni escarnio, que son maneras de contar las cosas a los demás o a uno mismo tras haberlas vivido, pero no de experimentarlas en el momento mismo.

En cuanto al origen de mi pasión, no tengo intención de buscarlo en la historia lejana de mi vida, la que me haría reconstruir un psicoanalista, ni en mi vida reciente, y tampoco en los referentes culturales del sentimiento que me han influido desde la infancia *(Lo que el viento se llevó, Fedra* o las canciones de Édith Piaf son tan determinantes como el complejo de Edipo). No quiero explicar mi pasión —lo que equivaldría a considerarla un error o un desvarío por los que hay que justificarse—, sino sencillamente exponerla.

Tal vez los únicos datos que deban tenerse en cuenta podrían ser materiales: el tiempo y la libertad de los que he podido disponer para vivir aquello.

Le gustaban los trajes de Saint-Laurent, las corbatas de Cerruti y los coches grandes. Conducía deprisa, haciendo destellos con las luces, sin hablar, como entregado por entero a la sensación de ser libre, de ir bien vestido, de circular en situación de superioridad por una autopista francesa precisamente él, que venía de un país del Este. Le gustaba que le encontraran cierto parecido con Alain Delon. Yo intuía —en la medida que puede hacerse con precisión cuando se trata de un extranjero— que lo intelectual o lo artístico no le atraían, pese al respeto que le inspiraban. En la televisión, prefería los concursos y *Santa Bárbara*. Todo eso me daba igual. Sin duda porque, siendo A. extranjero, yo podía considerar sus gustos, sobre todo, como diferencias culturales, mientras que en un francés los mismos gustos me habrían parecido más bien producto de diferencias sociales. O, tal vez, lo que me gustaba era reencontrarme, a través de A., con la parte más de «nuevo rico» de mí misma: yo había sido una adolescente ansiosa de vestidos, de discos, de viajes, y carecía de todos esos bienes entre unos compañeros que sí los tenían —igual que A., «despojado» junto con todos sus compatriotas y sin más anhelo que poseer las preciosas camisas y los vídeos de los escaparates occidentales.*

Bebía mucho, como suele ser habitual en los países del Este. Eso me asustaba, pues podía sufrir un accidente en el camino de regreso por la auto-

* Este hombre sigue viviendo en alguna parte del mundo. No puedo describirlo con más detalle, facilitar otros indicios que pudieran identificarlo. Va «haciendo su vida» con determinación, lo que significa que, para él, no hay tarea más importante que la elaboración de esa vida. El hecho de que en mi caso las cosas vayan de otro modo, no me autoriza a desvelar su identidad. Él no escogió figurar en mi libro, sino solo en mi vida.

pista, pero no me repugnaba. Incluso cuando ocasionalmente titubeaba, o eructaba al besarme. Al contrario, me sentía feliz de estar unida a él en un comienzo de abyección.

Ignoraba de qué naturaleza era su relación conmigo. Al principio, a partir de ciertos indicios —su cara de felicidad y su mutismo cuando me miraba, cuando decía: «He conducido como un loco al venir», cuando me contaba su infancia— había deducido que experimentaba la misma pasión que yo. Más adelante, esta certidumbre se tambaleó. Me parecía más reservado, menos propenso a la entrega; pero bastaba con que me hablara de su padre, de las frambuesas que cogía en el bosque cuando tenía doce años, para hacerme cambiar de parecer. Ya no me hacía regalos: cuando unos amigos me obsequiaban con unas flores o un libro, pensaba en las atenciones que él no creía necesario tener conmigo, pero, de inmediato: «Él me obsequia con su deseo». Yo tomaba nota con avidez de las frases que interpretaba como manifestaciones de sus celos, a mi parecer única prueba de su amor. Al cabo de algún tiempo, caí en la cuenta de que «¿Te irás por Navidad?» solo era una pregunta trivial o de orden práctico, para prever o no una cita, en absoluto una manera indirecta de averiguar si tenía previsto irme a esquiar con alguien (¿acaso estaba deseando que me fuera para poder verse con otra mujer?). A menudo me preguntaba qué significaban para él aquellas tardes que pasábamos haciendo el amor. Sin duda, nada más que eso, hacer el amor. En cualquier caso, era inútil tratar de buscar más razones, tan solo conseguiría estar segura de una única cosa: de su deseo o de su falta de deseo. La única verdad indiscutible se apreciaba mirando su sexo.

Que fuera extranjero hacía todavía más improbable cualquier interpretación de su comportamiento, moldeado por una cultura de la que yo solo conocía los aspectos turísticos, los tópicos. Al principio, me habían desanimado bastante esas evidentes limitaciones a la comprensión mutua, que se acentuaban por el hecho de que, así como él se expresaba relativamente bien en francés, yo no hablaba su lengua. Después admití que esta situación me evitaba caer en el engaño de creer en una comunicación perfecta entre nosotros, incluso en una fusión. En el ligero desfase de su francés respecto al de uso corriente, en las dudas que yo tenía a veces sobre el significado que él atribuía a una palabra, calibraba yo en todo momento la imprecisión de los intercambios verbales. Yo tenía el privilegio de vivir desde el inicio, constantemente, con plena conciencia, lo que siempre acaba por descubrirse con asombro y perplejidad: el hombre al que se ama es un extraño.

Las limitaciones que me imponía su condición de hombre casado (no telefonearle, no enviarle cartas, no hacerle regalos que solo con gran dificultad podría justificar, depender constantemente de sus posibilidades de estar disponible) no me sublevaban.

Las cartas que le escribía se las entregaba justo en el momento en que se marchaba de mi casa. La sospecha de que nada más leerlas las tiraría, quizás hechas trocitos, por la autopista no me impedía seguir escribiéndole.

Tenía cuidado de que no quedara ninguna huella de mí en su ropa, y no le dejaba marcas en la piel. Tanto como el propósito de evitarle cualquier drama con su mujer, me movía el deseo de no provocar en él un rencor que le habría llevado a abandonarme. Por ese mismo motivo, evitaba encontrarme con él en los lugares donde ella le acompañaba. Temía poner al descubierto delante de su mujer, con un gesto espontáneo —acariciar la nuca de A., arreglarle una arruga en el traje—, el lazo que nos unía. (Tampoco quería sufrir inútilmente, como cada vez que la veía, imaginándome a A. haciéndole el amor; pero el que yo la considerara insignificante, el que tal vez él le hiciera el amor porque «la tenía a mano», de nada servía contra la tortura de semejante visión.)

Esas limitaciones eran incluso una fuente de esperanza y de deseo. Como siempre me llamaba desde teléfonos públicos, de funcionamiento imprevisible, cuando yo descolgaba, con frecuencia no había nadie en el otro extremo de la línea. A la larga, aprendí que esa llamada «falsa» antecedía a una de verdad, como máximo un cuarto de hora después, el rato de encontrar otro teléfono que funcionara. Esa primera llamada muda era el indicio precursor de su voz, una (infrecuente) promesa segura de felicidad; y el intervalo que me separaba de la llamada siguiente, cuando pronunciara mi nombre y «¿podemos vernos?», uno de los momentos más hermosos que existen.

Por la noche, delante del televisor, me preguntaba si él estaría viendo el mismo programa o la misma película que yo, sobre todo cuando trataban de amor o de erotismo, o cuando el guion tenía alguna similitud con nuestra circunstancia. Me imaginaba entonces que él estaba viendo *La mujer de al lado* y nos ponía a nosotros en el lugar de los personajes. Si me decía que, en efecto, había visto esa película, yo tendía a pensar que la había escogido por nosotros, y que, representada en la pantalla, nuestra historia debía de haberle parecido más hermosa, en cualquier caso justificada. (Naturalmente, enseguida descartaba la idea de que nuestra relación pudiera, a la inversa, parecerle peligrosa, porque en las películas todas las pasiones fuera del matrimonio suelen acabar mal.)*

Algunas veces me decía a mí misma que tal vez se pasaba un día entero sin pensar ni un segundo en mí. Lo veía levantarse, tomarse el café, hablar,

* *Loulou,* de Maurice Pialat; *Demasiado hermosa para ti,* de Bertrand Blier, etcétera.

reír, como si yo no existiera. Ese desfase respecto a mi propia obsesión me llenaba de asombro. ¿Cómo era posible? Pero él mismo se habría quedado de una pieza al saber que yo no me lo quitaba de la cabeza en todo el día. No había motivo alguno para encontrar mi actitud más justa que la suya. En cierto sentido, yo tenía más suerte que él.

Cuando caminaba por París, al ver desfilar por los bulevares coches grandes conducidos por un hombre solo y con aspecto de ejecutivo atareado, me daba cuenta de que A. era simplemente uno más, preocupado en primer lugar por su carrera, con arrebatos de erotismo, de amor tal vez, por una mujer nueva cada dos o tres años. Descubrir aquello suponía para mí una liberación. Decidía no verlo más. Estaba segura de que él se había vuelto para mí tan anónimo y carente de interés como aquellos conductores tan acicalados al volante de sus BMW o sus R-25. Pero mientras caminaba, iba mirando en los escaparates los vestidos y la lencería como en previsión de un próximo encuentro.

Esos efímeros momentos de distanciamiento venían de fuera, yo no los buscaba. Al contrario, evitaba todo aquello que podía alejarme de mi obsesión: leer libros, salir con amigos y demás actividades que antes me apetecían. Yo aspiraba a la ociosidad total. Rechacé con agresividad un trabajo suplementario que me había pedido mi director, y casi le insulté por teléfono. Me parecía que tenía todo el derecho del mundo a oponerme a lo que me impedía entregarme sin límites a las sensaciones y a los relatos imaginarios de mi pasión.

En el tren de cercanías, en el metro, en las salas de espera, en todos los lugares donde está autorizado no dedicarse a nada, en cuanto me sentaba me sumía en una ensoñación con A. En el instante en que caía en ese estado, se producía un espasmo de felicidad en mi cabeza. Tenía la impresión de abandonarme a un placer físico, como si el cerebro, bajo el repetido flujo de las mismas imágenes, de los mismos recuerdos, pudiera gozar y fuera un órgano sexual como los demás.

Naturalmente, no siento ninguna vergüenza por anotar este tipo de cosas, y ello se debe al lapso que media entre el momento en que se escriben, cuando soy la única que las ve, y el momento en que la gente las leerá, y que, me da la impresión, no llegará jamás. Hasta entonces, puedo tener un accidente, morir, puede estallar una guerra o una revolución. Gracias a este lapso puedo escribir ahora, más o menos como cuando, a los dieciséis años, me exponía al sol abrasador durante un día entero, o como cuando a los veinte hacía el amor sin anticonceptivos: sin pensar en las consecuencias.

(Por tanto, es un error considerar a quien escribe sobre su vida como un exhibicionista, porque este último solo tiene un deseo: mostrarse y ser visto en el mismo instante.)

En primavera empecé a esperar continuamente. Desde principios de mayo hacía un calor prematuro. Empezaban a verse vestidos de verano por las calles, las terrazas de los bares estaban llenas. Se oía sin tregua un baile exótico, la lambada, cantado por una mujer de voz susurrante. Todo suponía nuevas posibilidades de placer, y yo atribuía a A. el propósito de aprovecharlas sin contar conmigo. Su puesto, sus funciones en Francia me parecían muy relevantes, susceptibles de despertar la admiración de todas las mujeres; yo me infravaloraba en proporción inversa, al no encontrar en mí nada interesante capaz de retenerlo a mi lado. Cuando iba a París, a cualquier barrio, siempre esperaba verlo pasar en su coche con una mujer al lado. Yo caminaba muy envarada, en una actitud previa de orgullosa indiferencia ante un encuentro de ese tipo. Que este, por supuesto, jamás se produjera me decepcionaba aún más: yo andaba sudorosa de un lado a otro ante su mirada imaginaria por el Boulevard des Italiens, mientras él estaba en cualquier otro lugar, inaccesible. La imagen de él circulando con las ventanillas del coche bajadas y el radiocasete a todo volumen, en dirección al parque de Sceaux o al bosque de Vincennes, me atormentaba.

Un día, en una revista semanal de programación televisiva, empecé a leer un reportaje sobre una compañía de baile procedente de Cuba, de gira por París. El autor hacía hincapié en la sensualidad y la libertad de las cubanas. En una foto se veía a la bailarina entrevistada, alta, con el cabello muy negro y sus largas piernas desnudas. A medida que avanzaba en la lectura, un presentimiento crecía en mí. Al final, estaba segura de que A., que había estado en Cuba, había conocido a la bailarina de la fotografía. Le veía con ella en una habitación de hotel, y en ese momento nada me habría convencido de que esa escena era inverosímil. Al contrario, la hipótesis de que no hubiera existido me parecía estúpida e inimaginable.

Cuando él telefoneaba para que nos viéramos, su tan esperada llamada no cambiaba nada, yo seguía con la misma dolorosa tensión de antes. Me hallaba en un estado en el que ni siquiera la realidad de su voz conseguía hacerme feliz. Todo era una carencia sin fin, salvo el momento en que estábamos juntos haciendo el amor. Y, aun así, me obsesionaba el momento que vendría a continuación, cuando se hubiera marchado. Vivía el placer como un dolor futuro.

Me asaltaba todo el rato el deseo de romper para dejar de depender de una llamada, para no sufrir más, y al punto imaginaba lo que eso significaría desde el momento mismo de la ruptura: una retahíla de días sin ninguna esperanza. Prefería seguir a cualquier precio —por ejemplo, que tuviera otras mujeres, varias (es decir, un sufrimiento aún mayor que aquel que motivaba mi deseo de dejarle)—. Pero comparada con el vacío recién atisbado, mi situación actual me parecía afortunada; y mis celos, una especie de frágil privilegio cuyo final habría sido una locura desear, puesto que, de todos modos, este acabaría por llegar algún día al margen de mi voluntad, cuando él se fuese o me dejase.

Evitaba las ocasiones en que pudiera encontrarme con él fuera de casa con otras personas, pues no soportaba verlo y nada más. Así pues, no fui a una inauguración a la que también él estaba invitado, pero me pasé toda la noche obsesionada con la imagen de él sonriente y atento con una mujer, como lo había estado conmigo cuando nos conocimos. Más adelante, alguien me dijo que a aquella velada solo habían ido cuatro gatos. Me sentí aliviada y me repetía esta expresión complacida, como si existiera alguna relación entre el ambiente de una recepción, la cantidad de mujeres invitadas y lo que tan solo dependía de la casualidad de un encuentro —en cuyo caso bastaba con una única mujer—, y de sus deseos de ligársela o no.

Trataba de estar al corriente de sus actividades de ocio y de sus salidas durante los fines de semana. Pensaba: «En este momento se encuentra en el bosque de Fontainebleau, haciendo *jogging,* circula por la carretera de Deauville, está en la playa junto a su mujer», etcétera. Saberlo me tranquilizaba; me parecía que poder situarlo en un lugar concreto, en un momento concreto, me prevenía contra una infidelidad. (Un convencimiento muy similar a otro, igual de obstinado, que consiste en pensar que basta con saber los lugares de diversión o de vacaciones de mis hijos para preservarlos de un accidente, de las drogas o de morir ahogados.)

Aquel verano no quería marcharme de vacaciones ni tener que despertarme por la mañana en una habitación de hotel con la perspectiva de vivir un día entero sin esperar una sola llamada suya. Pero renunciar a irme significaba confesarle mi pasión con mayor claridad que diciéndole: «Estoy loca por ti». Un día en que me atormentaba el deseo de romper, decidí en cambio hacer unas reservas de tren y de hotel en Florencia para al cabo de dos meses. Me sentía muy satisfecha con esa forma de ruptura que no me obligaba a dejarle. Vi llegar el momento de tener que marchar como si se tratara de un examen al que me hubiera inscrito con mucha antelación y que no hubiese preparado —con agobio y un sentimiento de inutilidad—. En la litera del coche cama no paraba de imaginarme a mí misma en ese mismo tren, pero, en esta ocasión, de regreso a París y ocho días después: perspectiva de una felicidad inaudita, casi imposible (tal vez moriría en Florencia, tal vez jamás volvería a verlo), que acrecentaba mi horror de ir alejándome más y más de París, y que me hacía sentir el intervalo entre la ida y la vuelta como un lapso interminable y atroz.

Lo peor era no poder quedarse todo el día en la habitación del hotel, a la espera del tren que me devolvería a París. Había que justificar el viaje dedicándome a las visitas de carácter cultural, a los paseos que suelo hacer en vacaciones. Durante horas caminaba por el Oltrarno, los jardines de Boboli, hasta la Piazzale Michelangelo, la basílica de San Miniato al Monte. Entraba en todas las iglesias abiertas, pedía tres deseos (por la creencia de que uno de los tres se cumplirá, y todos relacionados con A., naturalmente), me quedaba sentada envuelta en el frescor y el silencio, y después continuaba uno de los múltiples relatos (una estancia juntos en Florencia, nuestro reencuentro al cabo de diez años en un aeropuerto, etcétera) que se me ocurrían sin parar, en todas partes, de la mañana a la noche.

No comprendía que las personas buscaran en la guía la fecha, la explicación de cada cuadro, cosas sin relación alguna con sus propias vidas. La utilización que yo hacía de las obras de arte era únicamente pasional. Volvía a la iglesia de la Badia porque fue allí donde Dante había conocido a Beatriz. Los frescos medio borrados de la basílica di Santa Croce me conmovían profundamente porque mi historia se convertiría un día en lo mismo que ellos, retazos descoloridos en la memoria de él y en la mía.

En los museos, solo veía las representaciones del amor. Me atraían las estatuas de hombres desnudos. Recuperaba en ellas la forma de los hombros de A., de su vientre, de su sexo, y sobre todo el suave surco que perfila la curva interior de la cadera hasta el hueco de la ingle. No conseguía alejarme del *David* de Miguel Ángel, admirada hasta el dolor de que fuera un hombre y no una mujer quien manifestara de manera sublime la belleza del cuerpo masculino. Aunque eso pueda explicarse aduciendo la condición de sometimiento de la mujer, me parecía que algo se había perdido para siempre.*

En el tren, durante el regreso, tenía la impresión de haber escrito literalmente mi pasión en Florencia, caminando por las calles, recorriendo los museos, obsesionada por A., viéndolo todo con él, comiendo y durmiendo con él en aquel ruidoso hotel a orillas del Arno. Me bastaría con volver allí para leer esa historia de una mujer que ama a un hombre, esa historia que era la mía. Aquellos ocho días sola, sin hablar con nadie salvo con los camareros de los restaurantes, poseída por la imagen de A. (hasta el punto de quedarme pasmada de que me rondaran los ligones, ¿acaso no tendrían que haberla visto transparentada en mi cuerpo?), me parecían, en fin, una especie de prueba que perfeccionaba todavía más el amor. Una especie de derroche suplementario, esta vez de la imaginación y del deseo en la ausencia.

* Del mismo modo, lamenté que una mujer jamás hubiera pintado un cuadro que suscitara tanta inexpresable emoción como el lienzo de Courbet que muestra en primer plano el sexo ofrecido de una mujer yacente, de rostro invisible, que se titula *El origen del mundo*.

Se marchó de Francia para regresar a su país hace seis meses. Sin duda, nunca más volveré a verlo. Al principio, cuando me despertaba a las dos de la madrugada, me daba igual vivir que morir. Me dolía todo el cuerpo. Me habría gustado arrancarme el dolor, pero lo tenía en todas partes. Deseaba que entrara un ladrón en la habitación y me matara. Durante el día trataba de estar ocupada constantemente, de no quedarme sentada sin hacer nada, para no sentirme perdida (en un sentido impreciso de esta palabra: sumirme en la depresión, darme a la bebida, etcétera). Con la misma finalidad, me obligaba a vestirme y a maquillarme como es debido, a ponerme las lentillas en vez de las gafas, pese a las dosis de valor que esta maniobra requería de mí. No podía mirar la televisión ni hojear revistas, en todos los anuncios de perfumes o de microondas siempre se ve lo mismo: una mujer esperando a un hombre. Cuando pasaba por delante de las tiendas de lencería desviaba la mirada.

Cuando me encontraba realmente muy mal, sentía el violento deseo de recurrir a una echadora de cartas: me parecía lo único vital que podía hacer. Cierto día, me puse a buscar nombres de videntes en el Minitel. La lista era larga. Una especificaba que había predicho el terremoto de San Francisco y la muerte de la cantante Dalida. Mientras anotaba los nombres y los números de teléfono fui presa del mismo júbilo que me había embargado un mes antes, cuando me probaba un vestido nuevo para A., como si todavía estuviera haciendo algo para él. Al final decidí no llamar a ninguna vidente, tenía miedo de que me predijera que él no volvería jamás. Pensaba, sin asombro: «También yo acabo recurriendo a esto». No veía por qué no iba a acabar recurriendo a eso.

Una noche, se me ocurrió someterme a la prueba del sida: «Por lo menos me habría dejado eso».

Quería recordar a toda costa su cuerpo, desde el cabello hasta los dedos de los pies. Conseguía ver con precisión sus ojos verdes, el movimiento del mechón de pelo sobre su frente, la línea redonda de los hombros. Sentía sus dientes, el interior de su boca, la forma de sus muslos, la textura de su piel. Mediaba muy poco, pensaba yo, entre esa recreación y una alucinación, entre la memoria y la locura.

En una ocasión, tumbada boca abajo, me masturbé, y me pareció que era él quien gozaba.

Durante semanas:

> me despertaba en plena noche y permanecía hasta el amanecer en un estado indefinido, despierta pero incapaz de pensar. Deseaba hundirme en el sueño, pero este se mantenía continuamente como por debajo de mí.
>
> No tenía ganas de levantarme. Veía la perspectiva del día ante mí, sin proyecto alguno. Sentía que el tiempo ya no me llevaba a ninguna parte, únicamente me envejecía.

En el supermercado pensaba: «Ya no hace falta que compre tal cosa» (whisky, almendras saladas, etcétera).

Las blusas y los zapatos que me había comprado para un hombre, los veía convertidos de nuevo en prendas carentes de significado, simplemente para ir a la moda. ¿Acaso es posible desear estas cosas, cualquier cosa, si no es para alguien, para ponerlas al servicio del amor? Tuve que comprarme un chal debido al frío intenso: «Él no me lo verá».

No soportaba a nadie. Solo conseguía tratar a personas que había conocido durante mi relación con A. Formaban parte de mi pasión. Aunque no despertasen en mí ningún interés o estima, sentía una especie de afecto por ellos. Pero no podía ver en la televisión al presentador de un programa o a un actor en el que antes me gustara evocar los andares, los ademanes, los ojos de A. Estos distintivos suyos, vistos en otra persona que no me importaba nada, eran como una impostura. Odiaba a esos individuos por seguir pareciéndose a A.

Hacía promesas: si me llama antes de fin de mes, donaré quinientos francos a una organización humanitaria.

Imaginaba que nos encontrábamos en un hotel, en un aeropuerto, o que me enviaba una carta.

Respondía a palabras que él no había dicho, a frases que jamás escribiría.

Si acudía a algún lugar al que había ido el año anterior, cuando él todavía estaba aquí —al dentista o a una reunión de profesores—, me ponía el mismo traje de chaqueta que entonces, tratando de convencerme de que las mismas circunstancias producirían los mismos efectos, de que me llamaría por teléfono al llegar la noche. Hacia medianoche, al acostarme, desalentada, me daba cuenta de que durante todo el día había creído en esa llamada.

En mis insomnios, a veces invocaba el recuerdo de Venecia, donde había pasado una semana de vacaciones justo antes de conocer a A. Trataba de recordar mis horarios y mis desplazamientos, me situaba de nuevo en el Zattere, en las callejas de la Giudecca. Reconstruía mi habitación, en un anexo del hotel La Calcina, e intentaba rememorarlo todo: la cama estrecha, la ventana ciega que daba a la parte trasera del café Cucciolo, el mantel blanco que cubría una mesa donde había depositado unos libros, y me ponía a recordar los títulos. Enumeraba todo lo que había allí, una cosa tras otra, tratando de agotar el contenido de un lugar en el que me había alojado antes de iniciarse mi historia con A., como si un inventario perfecto fuera a permitirme revivirla. Por una creencia idéntica, de pronto se me ocurría volver a Venecia, al mismo hotel, a la misma habitación.

Durante ese periodo de tiempo, todos mis pensamientos y mis actos eran la repetición de lo ocurrido antes. Quería obligar al presente a convertirse otra vez en un pasado abierto a la felicidad.

Siempre calculaba: «Hace dos semanas, cinco semanas que se fue», y «El año pasado, por estas fechas, yo estaba aquí y hacía esto». A propósito de cualquier cosa, la inauguración de un centro comercial, la estancia de Gorbachov en París, la victoria de Chang en Roland Garros, enseguida pensaba: «Fue cuando él estaba aquí». Volvía a ver momentos de aquella época, que nada tenían de particular —estoy en la sala de los ficheros de la Sorbona, camino por el Boulevard Voltaire, me pruebo una falda en una tienda Benetton—, con una sensación de seguir allí tan intensa que me preguntaba por qué era imposible «pasar» a aquel día, del mismo modo que se pasa de una habitación a otra.

En mis sueños también aparecía ese deseo de un tiempo reversible. Hablaba y discutía con mi madre (fallecida), viva de nuevo, pero en mi sueño yo sabía —y ella también— que había estado muerta. Eso no revestía ningún carácter extraordinario; tenía la muerte a sus espaldas, como una «tarea cumplida», eso era todo. (Me parece que ese sueño lo tuve con frecuencia.) En otra ocasión, una niña en traje de baño desaparecía durante una excursión. Se procedía de inmediato a la reconstrucción del crimen. Entonces la niña resucitaba para rehacer ella misma el itinerario que la había conducido a su propia muerte. Pero, para el juez, el conocimiento de la verdad complicaba la reconstrucción. En los demás sueños, perdía el bolso, me perdía yo, nunca acababa de llenar la maleta para coger un tren a punto de partir. Veía de nuevo a A. entre un montón de gente, él no me miraba. Íbamos juntos en un taxi, yo le acariciaba y su sexo permanecía inerte. Más adelante, se me apareció otra vez lleno de deseo. Nos encontrábamos en los lavabos de un bar, por la calle junto a una pared, me poseía sin despegar los labios.

Los fines de semana me imponía una actividad física desaforada: hacía la limpieza de la casa, trabajos de jardinería. Por la noche estaba agotada, con los miembros doloridos, como si A. hubiera pasado la tarde en mi casa. Pero en este caso era un cansancio vacío, sin el recuerdo de otro cuerpo, y que aborrecía.

Más o menos dos meses después de la partida de A., ya no recuerdo qué día, empecé a decir «a partir del mes de septiembre lo único que he hecho ha sido esperar a un hombre...». Sin embargo, puedo recordar con exactitud todo lo que está asociado a mi relación con A., desde los tumultos de octubre en Argelia o el calor y el cielo brumoso de la fiesta del 14 de julio de 1989, hasta los detalles más nimios, como la compra de una batidora en junio o la víspera de una cita; pero me resulta imposible relacionar la escritura de una página concreta con un fuerte chaparrón o con cualquiera de los acontecimientos que se han producido en el mundo en los últimos cinco meses, la caída del muro de Berlín o la ejecución del matrimonio Ceauşescu. El tiempo de la escritura nada tiene que ver con el de la pasión.

Sin embargo, decidí ponerme a escribir para permanecer en aquel tiempo en el que todo tendía hacia lo mismo, desde la elección de una película a la de un pintalabios, hacia alguien. El pretérito imperfecto que he utilizado de manera espontánea desde las primeras líneas corresponde a un tiempo que yo no deseaba que acabara, el de «en aquel entonces la vida era más hermosa», el de una repetición eterna. Así también producía un dolor que sustituía la espera de antes, la de las llamadas telefónicas y las citas. (Todavía ahora, releer las primeras páginas me produce casi el mismo dolor que mirar o tocar el albornoz que se ponía en mi casa y que se quitaba cuando llegaba el momento de vestirse de nuevo para marcharse. La diferencia está en que estas páginas tendrán siempre algún sentido para mí, y tal vez para otros, mientras que el albornoz —que ya solo tiene sentido para mí— algún día ya no significará nada y lo meteré en un paquete de ropa vieja. Al escribir esto, tengo que tratar de poner a salvo también el albornoz.)

Pero seguía viviendo. Lo que significa que escribir no me impedía sentir, un minuto después de detenerme, la ausencia del hombre cuya voz, su acento extranjero, ya no oía, cuya piel ya no tocaba, que llevaba en una ciudad fría una existencia que no podía figurarme —la existencia del hombre real, más lejos de mi alcance que el nombre escrito, designado por la inicial A—. Así pues, seguía empleando todos los recursos que ayudan a soportar la pena, que infunden esperanza cuando, razonablemente, ya no la hay: hacer solitarios, echar diez francos en el bacín de un pordiosero en Auber formulando un deseo: «Que telefonee, que vuelva», etcétera. (Quién sabe, tal vez, en el fondo, la escritura forme parte de este tipo de recursos.)

Pese a mis pocas ganas de relacionarme con gente, acepté participar en un coloquio en Copenhague; de ese modo podría enviarle unas discretas señales de vida, una tarjeta postal a la cual, estaba convencida, necesariamente tenía que responder. Nada más llegar a Copenhague, no pensé en otra cosa que en comprarle una postal, copiar en ella las cuatro frases que había compuesto con tanta aplicación antes de partir y encontrar un buzón. Ya en el avión de regreso, me decía a mí misma que solo había ido a Dinamarca para mandar una postal a un hombre.

Tenía ganas de releer alguno de los libros que tan distraídamente había leído cuando A. estaba aquí. Me parecía que la espera y los sueños de entonces se hallaban depositados en ellos, y que iba a recuperar mi pasión tal como la había vivido. Aun así, no me decidía a hacerlo, y me echaba atrás de manera supersticiosa en el momento de abrirlos, como si *Anna Karénina* fuera una de esas obras esotéricas en las que se estipula que no se debe girar determinada página so pena de infortunio.

En una ocasión me asaltó el violento deseo de ir al pasaje Cardinet, en el distrito XVII, donde aborté clandestinamente hace veinte años. Me parecía que tenía que volver a ver la calle a toda costa, el edificio, subir hasta el piso donde aquello había sucedido. Como si esperara vagamente que un dolor antiguo pudiera neutralizar el dolor actual.

Bajé del metro en la estación de Malesherbes, en una plaza cuyo nombre, sin duda reciente, no me evocaba nada. Tuve que preguntarle el camino al dependiente de una verdulería. La placa que indicaba el pasaje Cardinet estaba medio borrada, y las fachadas de las casas, acabadas de revocar, blancas. Fui hasta el número que recordaba y empujé la puerta, una de las pocas sin dispositivo de apertura con código digital. En la pared había un tablero con el nombre de los inquilinos. La anciana, una auxiliar de enfermería, había fallecido o se había marchado a una residencia geriátrica de las afueras; en esta calle vive ahora gente de clase acomodada. Mientras caminaba hacia el Pont-Cardinet, me veía andando junto a aquella mujer que se había empeñado en acompañarme hasta la estación más cercana, sin duda para tener la seguridad de que no iba a desplomarme delante de su casa con su sonda en el vientre. Pensaba: «Un día estuve aquí». Buscaba la diferencia entre aquella realidad pasada y una ficción, o tal vez sencillamente buscaba este sentimiento de incredulidad por haber estado allí un día, porque no lo habría experimentado frente a un personaje de novela.

Volví a coger el metro en Malesherbes. Este trámite no había cambiado nada, pero me satisfacía haberlo llevado a cabo, haber restablecido un puente con un desamparo en cuyo origen también había un hombre.

(¿Acaso soy la única a quien se le ocurre volver al lugar de un aborto? Me pregunto si no escribo para saber si los demás no han hecho o experimentado cosas idénticas, o al contrario, para que les parezca normal experimentarlas. O incluso para que las vivan a su vez, olvidando que un día las leyeron en alguna parte.)

Ahora estamos en abril. Por las mañanas, a veces me despierto sin pensar enseguida en A. La idea de volver a gozar de «los pequeños placeres de la vida» —hablar con los amigos, ir al cine, cenar bien— ya me horroriza menos. Sigo todavía en el tiempo de la pasión (porque algún día ya ni siquiera constataré que no he pensado en A. al despertar), pero ya no es el mismo, ha dejado de ser constante.*

* Paso del pretérito imperfecto, el que era —¿pero hasta cuán-

De golpe me vienen a la memoria particularidades suyas, cosas que me había dicho. Por ejemplo, que había ido a ver el Circo de Moscú y que el domador de gatos era «increíble». Durante un instante, me invade una gran tranquilidad, la misma que siento al despertar de un sueño en el que acabo de verlo y todavía no sé que he soñado. Y veo que todo vuelve a estar en orden, que «ahora está bien». Después me doy cuenta de que estas palabras se refieren a algo ya remoto: ha pasado otro invierno, tal vez el domador de gatos haya abandonado el circo, el «es increíble» pertenece a una actualidad caduca.

En el curso de una conversación, creo comprender de repente una actitud de A. o descubrir un aspecto de nuestra relación que no había imaginado. Un colega con el que estaba tomando un café me confesó que había tenido una relación físicamente muy intensa con una mujer casada, mayor que él: «Al salir de su casa, por las noches, respiraba el aire de la calle y experimentaba una formi-

---

do?—, al presente —¿pero desde cuándo?— por falta de una solución mejor. Ya que no puedo dar cuenta de la transformación exacta de mi pasión por A., día a día, sino solo detenerme en algunas imágenes, aislar algunas manifestaciones de una realidad cuya fecha de aparición —como sucede en historia general— no se puede definir con certeza.

dable sensación de virilidad». Pensé que tal vez A. había sentido lo mismo. Aunque no podía confirmar ese descubrimiento, me llenaba de felicidad, como si hubiese atrapado algo imperecedero y que los recuerdos no pueden darme.

Esta noche, en el tren de cercanías, había dos chicas hablando frente a mí. Oí que decían: «Están de campamento en Barbizon». Ese nombre me sonaba, aunque no sabía por qué, y al cabo de unos minutos me acordé de que A. me había dicho que un domingo había ido allí con su mujer. Era un recuerdo como cualquier otro, por ejemplo el que me habría evocado el nombre de Brunoy, donde vivía una amiga a la que ya no veo. Así pues, el mundo, ¿empieza otra vez a tener algún significado al margen de A.? El hombre de los gatos del Circo de Moscú, el albornoz, Barbizon, todo el texto construido día tras día en mi cabeza desde la primera noche, con imágenes, gestos, palabras..., el conjunto de señales que constituyen la novela no escrita de una pasión empieza a deshacerse. De aquel texto vivo, este tan solo es el residuo, la débil huella. Como el otro, este, algún día, tampoco significará nada para mí.

A pesar de todo, no consigo dejarlo, como tampoco conseguí dejar a A. el año pasado, en primavera, cuando esperaba a A. y mi deseo por él no cesaba. Y eso sabiendo que, a la inversa de la vida, nada puedo esperar de la escritura, donde solo sucede lo que uno pone. Continuar significa también retrasar la angustia de entregar esto para que lo lean los demás. Mientras sentía la necesidad de escribir, esta eventualidad no me preocupaba. Ahora que he ido hasta el final de esta necesidad, miro las páginas escritas con asombro y una especie de vergüenza, que jamás experimenté —al contrario— mientras vivía mi pasión, ni tampoco cuando la relataba. Los juicios, los valores «normales» del mundo se van aproximando ante la perspectiva de una publicación. (Es posible que la obligación de contestar a preguntas del tipo «¿se trata de algo autobiográfico?», de tener que justificarse por esto o por aquello, impida que libros de todo tipo salgan a la luz si no es en forma de novela, donde quedan a salvo las apariencias.)

Todavía ahora, delante de las páginas llenas de los garabatos de mi escritura, ilegible salvo para mí, puedo creer que se trata de algo privado, casi pueril y sin consecuencias —como las declaraciones de amor y las frases obscenas que escribía durante las clases en el interior del forro de mis libretas, y todo lo que se puede escribir tranquila, impunemente, mientras se tiene la seguridad de que nadie lo verá—. Cuando empiece a escribir este texto a máquina, cuando se me aparezca en letras de molde, mi inocencia se habrá terminado.

Febrero de 1991

Podría detenerme en la frase anterior y hacer como si ya nada de lo que ocurre en mi vida y en el mundo pudiera intervenir en este texto. Considerarlo como fuera del tiempo; en fin, listo para ser leído. Pero mientras estas páginas sigan siendo personales y estén al alcance de la mano como lo están ahora, la escritura permanece siempre abierta. Me parece más importante añadir lo que la realidad ha ido aportando que cambiar de lugar un adjetivo.

Entre el momento en que dejé de escribir, en mayo del año pasado, y ahora, 6 de febrero de 1991, el conflicto anunciado entre Irak y la coalición occidental ha estallado. Una guerra «limpia» según la propaganda, aunque sobre Irak hayan caído ya «más bombas que en Alemania durante toda la Segunda Guerra Mundial» *(Le Monde* de esta noche), y aunque hay testigos que afirman haber visto en Bagdad a niños, que se han quedado sordos debido a la onda expansiva de las explosiones, errando por las calles como borrachos. No hacemos más que esperar unos acontecimientos presagiados que no acaban de llegar, la ofensiva terrestre de los «aliados», un ataque con armas químicas por parte de Sadam Husein, un atentado en las Galerías Lafayette. Se trata de la misma angustia, el mismo deseo —e imposibilidad— de conocer la verdad que cuando se vive una pasión. Las similitudes se acaban aquí. Ya no hay sueños ni imaginación en parte alguna.

El primer domingo de la guerra, por la noche, sonó el teléfono. La voz de A. Durante unos segundos, me paralicé de pavor. Repetía su nombre llorando. Él decía: «Soy yo, soy yo», con lentitud. Quería verme enseguida, iba a coger un taxi. En la media hora que me quedaba antes de su llegada, me maquillé y me arreglé, completamente desquiciada.

Esperé después en el pasillo, envuelta en el chal que él jamás había visto. Miraba la puerta atónita. Entró sin llamar, como antes. Debía de haber bebido mucho, titubeaba al estrecharme entre sus brazos y dio un traspié al entrar en mi habitación.

Luego solo quiso tomar café. Su vida, aparentemente, no ha cambiado; el mismo trabajo, tanto en el Este como en Francia, sin hijos, pese a que su mujer desea tener uno. A sus treinta y ocho años sigue teniendo un aspecto juvenil, con un no sé qué más ajado en el rostro. No tiene las uñas tan pulidas, sus manos están más ásperas, sin duda debido al frío de su país. Se rio mucho de que le reprochara no haber dado señales de vida desde su partida: «Te habría llamado, hola, qué tal. ¿Y después, qué?». No había recibido la postal que le había enviado desde Dinamarca a la sede de su antiguo puesto de trabajo en París. Volvimos a ponernos la ropa, que estaba revuelta en el suelo, y lo llevé a su hotel, cerca de l'Étoile. En los semáforos, desde Nanterre al Pont-de-Neuilly, nos besábamos y nos acariciábamos.

En el túnel de la Défense, de regreso, pensé: «¿Dónde está mi historia?». Y luego: «Ya no espero nada».

Se marchó de nuevo al cabo de tres días sin que nos viéramos otra vez. Justo antes de partir, me dijo por teléfono: «Te llamaré». No sé si eso significa que me telefoneará desde su país, o desde París cuando se le presente la oportunidad de volver. No se lo pregunté.

Tengo la impresión de que ese regreso no se ha producido. No se encuentra en ningún sitio de nuestra historia, es solo una fecha, el 20 de enero. El hombre que regresó aquella noche tampoco es el que llevé dentro de mí durante el año que estuvo aquí, ni después, cuando escribía. Jamás volveré a ver a ese hombre. Sin embargo, ese regreso irreal, casi inexistente, es lo que le da a mi pasión todo su sentido, que consiste en no tenerlo, en haber constituido durante dos años la realidad más violenta y más inexplicable.

En esta fotografía, la única que tengo de él, un poco borrosa, veo a un hombre alto y rubio, con un lejano parecido con Alain Delon. Todo en él ha sido para mí muy valioso: sus ojos, su boca, su sexo, sus recuerdos de la infancia, su manera brusca de apoderarse de las cosas, su voz.

Quise aprender su idioma. He conservado sin lavarla una copa de la que bebió.

Deseé que el avión en el que regresaba de Copenhague se estrellara si no iba a volver a verlo nunca más.

El verano pasado puse esta fotografía, en Padua, sobre la tumba de san Antonio —junto con las personas que dejaban un pañuelo, un papel doblado que contenía su súplica—, para que volviera.

Que se lo mereciera o no, evidentemente, carece de sentido. Y que todo esto empiece a parecerme tan ajeno como si se tratara de otra mujer nada cambia en lo siguiente: gracias a él, me acerqué al límite que me separaba del otro, hasta el punto de que a veces creí traspasarlo.

He medido el tiempo de forma diferente, con todo mi cuerpo.

He descubierto de lo que uno puede ser capaz, que equivale a decir ser capaz de todo. De deseos sublimes o letales, de falta de dignidad, creencias y comportamientos que tildaba de insensatos en los demás, hasta que yo misma recurrí a ellos. Sin que él lo sospeche, me ha ligado más al mundo.

Él me había dicho: «No escribas un libro sobre mí». Pero no he escrito un libro sobre él, ni siquiera sobre mí. Me he limitado a expresar con palabras —que sin duda él no leerá, ni le están dirigidas— lo que su existencia, por sí sola, me ha dado. Una especie de obsequio devuelto.

Cuando era niña, para mí el lujo eran los abrigos de pieles, los vestidos de noche y las mansiones a orillas del mar. Más adelante, creí que consistía en llevar una vida de intelectual. Ahora me parece que consiste también en poder vivir una pasión por un hombre o una mujer.

MAXI
TUSQUETS
EDITORES